노견일기

2

정우열
지음

노견일기

2

정우열 지음

동그람이

전에 살던 동네에 황량한 공터가 있었는데,

거기 들어가는 길은 철조망으로 막혀 있었어요.

입구에 동여맨 널빤지엔 큼직한 글자로 이렇게 쓰여 있었죠.

'들개 출입금지'

전 어쩐지 이 글귀에 매혹 당했답니다.

2019년 11월 제주에서

차례

프롤로그

묘비명

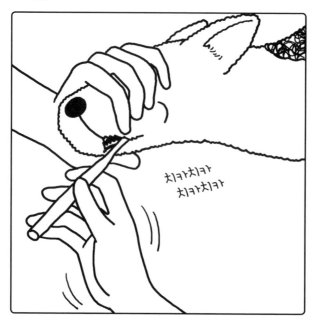

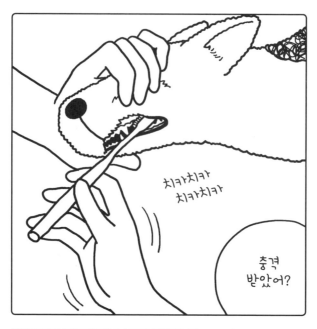

'평생
첫 주인에 대한
그리움 속에서
살다 간 개'

기쁜 날

그죠.

여기 진짜 좋네요.

음식도 맛있는데 반려동물에도 개방적이고.

문제는 사람이냐 개냐가 아니라 에티켓을 지킬 수 있느냐 없느냐겠죠.

남겨진 것

억울한 사연

풋코~
아빠 오셨네?

헉헉
헉

저기 죄송한데,
풋코 더는 못 봐드릴 거
같아요. 풋코가 저희 개를
너무 힘들게 해서..

풋코 이제 병원에 안 맡기시는 게 좋을 거 같아요. 스트레스 많이 받아서 하루 종일 지치도록 짖거든요..

으앙 보호자님! 도저히 안 되겠어요. 개가 너무... 죄송하지만 풋코 좀 빨리 데려가 주세요!

풋코.

내가 알던 미친개는

이제 세상에 없는 거니?

헥헥

귀찮은 일

드르륵
드르륵

찌이익

이불

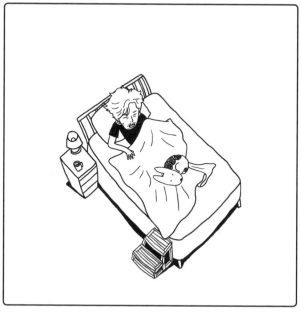

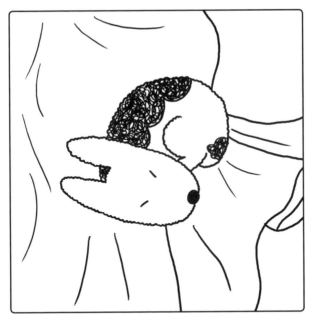

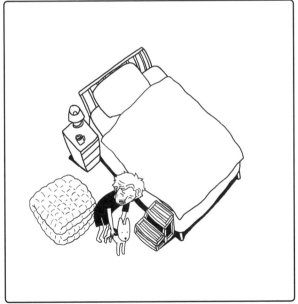

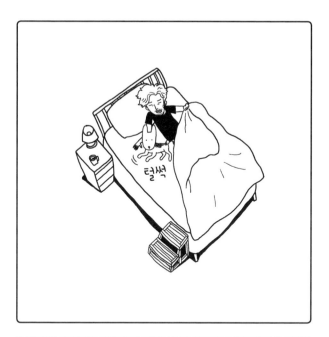

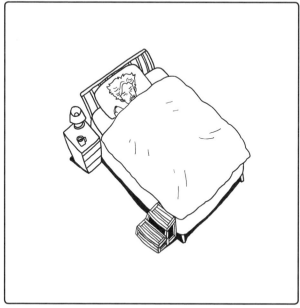

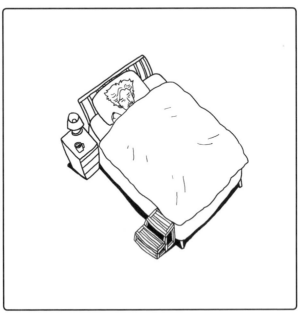

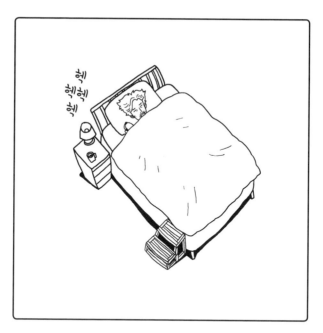

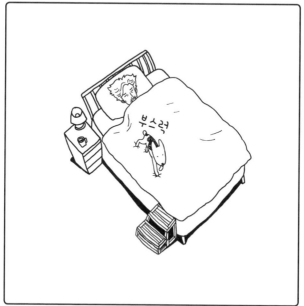

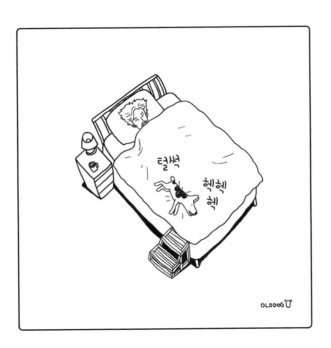

테크닉

필살기

허허

왜? 군밤
먹고 싶어?

헥헥

아무한테나 가서
다소곳이 앉으면

당연히 너한테
먹을 걸 준다고 봐?

풋코.

그냥 묻히긴
아까운 기술인 거
같은데

죽기 전에
책 한 권
쓸래?

아침

쏴아아아아ㅡ

왜 그런지
이유는 잘
모르겠는데,

또 지옥 같은 하루가 시작됐구나, 오늘은 또 어떻게 버티나.

그렇더라고요.

OLDDOG

식겁

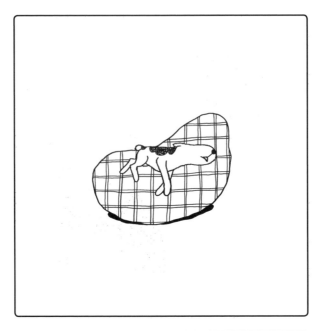

꾸름이

OLDDOG

1+1

뭐 잃어
버렸어요?

같이 찾아
드릴까?

변명

벌컥

175

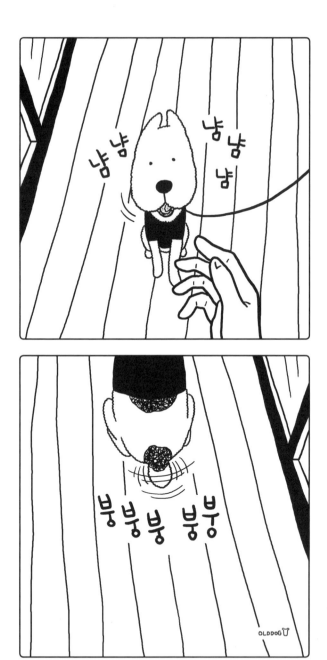

베테랑

…

응, 여긴 옷가게.

아침인사

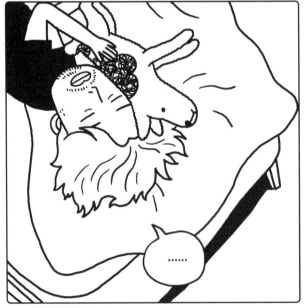

크리스마스

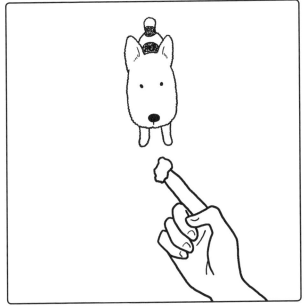

위이이이잉-

파다다닥

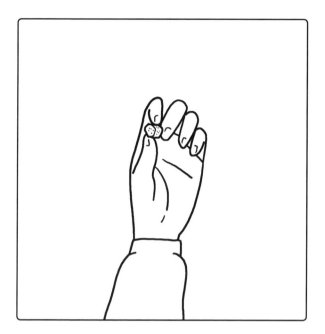

찰칵

어때,
푸코.

내가 여기서
일하면서

237

개부심

총총총총총

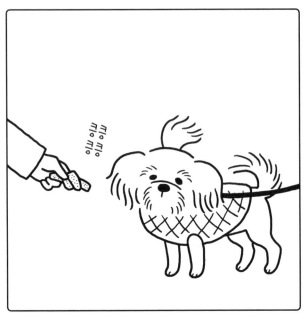

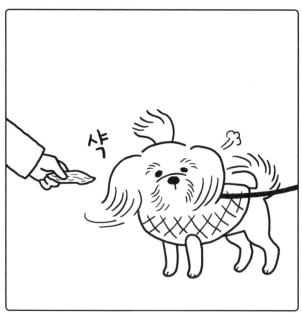

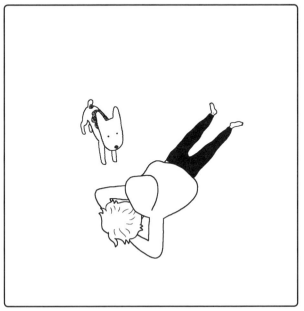

노 견 일 기 2

초판 1쇄 발행 2019년 12월 23일
초판 4쇄 발행 2021년 8월 27일

지은이 정우열
펴낸이 김영신
편집 이수정 서희준
디자인 이지은

펴낸곳 (주)동그람이
주소 서울특별시 마포구 성미산로 183, 1층
전화 02-724-2794
팩스 02-724-2797
출판등록 2018년 12월 10일 제 2018-000144호

ISBN 979-11-966883-1-8 03810

홈페이지 blog.naver.com/animalandhuman
페이스북 facebook.com/animalandhuman
이메일 dgri_concon@naver.com
인스타그램 @dbooks_official
트위터 twitter.com/DbooksOfficial

Published by Animal and Human Story Inc. Printed in Korea
Copyright ⓒ 2021 정우열 & Animal and Human Story Inc.